# EIMELDUNGEN

Für C, die Liebe meines Lebens.

# JENS KLAUSNITZER

# EIMELDUNGEN

## 600 MELDUNGEN

### BAND 01

Bibliografische Information der Deutschen Nationalbibliothek:

Die Deutsche Nationalbibliothek verzeichnet diese Publikation in der Deutschen Nationalbibliografie; detaillierte bibliografische Daten sind im Internet über http://dnb.dnb.de abrufbar.

Internet: www.jamax.de

Illustration / Grafik / Foto:
Jens Klausnitzer

Umschlaggestaltung:
Jens Klausnitzer

Herstellung und Verlag:
BoD – Books on Demand, Norderstedt

ISBN: 978-3-7504-0545-5

## +++ EIMELDUNG +++

# ERDBEERKOMPLOTT

## FRUCHT-VERSCHWÖRUNG BEI RAZZIA AUFGEFLOGEN

+++

## +++ EIMELDUNG +++

# HAXENSCHUSS

## BEINERKRANKUNG IN BAYERN SEHR HÄUFIG

+++

## +++ EIMELDUNG +++

# GUMMIPÄRCHEN

## KAMPAGNE FÜR BENUTZUNG VON KONDOMEN GESTARTET

+++

**+++ EIMELDUNG +++**

# WATTSEPP

## TOURIST AUS BAYERN AN NORDSEE UNTERWEGS

+++

---

**+++ EIMELDUNG +++**

# SCHOCKINGANZUG

## MANN LIEBT AUSSCHLIESSLICH GRELLE FARBEN

+++

---

**+++ EIMELDUNG +++**

# NACKTFLUGVERBOT

## PILOT MUSS WIEDER UNIFORM TRAGEN

+++

## +++ EIMELDUNG +++

# HEILIGE ARZNEIMITTEL

## NEUER LIEFERDIENST FÜR RELIGIÖSE KUNDEN

+++

## +++ EIMELDUNG +++

# BLÄHMOBIL

## JUNGE ISST BOHNEN UND FÄHRT IM AUTO MIT

+++

## +++ EIMELDUNG +++

# FEENSTAUBPLAKETTE

## MÄRCHENFREUNDE MARKIEREN IHRE FAHRZEUGE

+++

## +++ EIMELDUNG +++

# LACKDOSEINTOLERANZ

## SPRAYER ERTRÄGT ARBEITSMITTEL NICHT MEHR

+++

## +++ EIMELDUNG +++

# SELLVIEH

## BERATER EMPFIEHLT LANDWIRT VERKAUF DES TIERBESTANDES

+++

## +++ EIMELDUNG +++

# GOLDBER

## GUMMIBÄRCHEN ZUM BERLINER FLUGHAFEN ERST 2027 AUF MARKT

+++

## +++ EIMELDUNG +++

# ZITZELMÜTZE

### SPEZIALKAPPE SCHÜTZT EUTER VON MILCHKÜHEN

+++

## +++ EIMELDUNG +++

# ADVOCADO

### ANWÄLTE BEVORZUGEN LEICHTE FRUCHT WÄHREND VERHANDLUNG

+++

## +++ EIMELDUNG +++

# VIEHBAY

### LANDWIRTE VERSTEIGERN TIERE ONLINE

+++

## SCHÄKERHUND

**BESITZER LERNEN SICH IM PARK KENNEN**

+++

## WASCHPLÄTTBAUCH

**MUSKELAUFBAU BEIM BÜGELN NACHGEWIESEN**

+++

## EILIGER VATER

**MANN VOR KITA ZU SCHNELL UNTERWEGS**

+++

## KOMMTPOSTHAUFEN

**LAGERPLATZ FÜR BRIEFE,
PÄCKCHEN UND PAKETE**

+++

## RAUFASELTAPETE

**WANDVERKLEIDUNG REDET DERB**

+++

## BUNDESGATTENSCHAU

**EHEMÄNNER WERDEN AUF
FREIFLÄCHE AUSGESTELLT**

+++

**+++ EIMELDUNG +++**

# FLUCHTJOGHURT

## TÄTER HABEN KLEINEN SNACK EINGEPACKT

+++

---

**+++ EIMELDUNG +++**

# KLÜNGELANLAGE

## EINRICHTUNG ZUR HILFE IN KÖLNER MIETSHAUS INSTALLIERT

+++

---

**+++ EIMELDUNG +++**

# O PFANNENBAUM

## GESCHIRR WIRD ERST NACH DEN FEIERTAGEN GESPÜLT

+++

## +++ EIMELDUNG +++

# UHRENSOHN

### JUNGE SOLL SPÄTER GESCHÄFT DES VATERS ÜBERNEHMEN

+++

## +++ EIMELDUNG +++

# ZIEGENKICKER

### SPIELER HAT STÄNDIG ETWAS ZU MECKERN

+++

## +++ EIMELDUNG +++

# WARTESTÄBCHEN

### KOSTENLOSE GEDULDSSPIELE BEI ZUGVERSPÄTUNGEN

+++

## +++ EIMELDUNG +++

# SCHWEISSKERL

## NEUE BERUFSBEZEICHNUNG IN METALLVERARBEITUNG

+++

## +++ EIMELDUNG +++

# LOKVOGEL

## BAHNREISENDER BESCHIMPFT TRIEBFAHRZEUGFÜHRER

+++

## +++ EIMELDUNG +++

# GROKODIL

## POLITIKER BESCHLIESSEN NEUE TIERART

+++

## +++ EIMELDUNG +++

# CURIEWURST

## PHYSIKER UND CHEMIKER GENIESSEN SIE MIT VIEL CURRY

+++

## +++ EIMELDUNG +++

# FURNIERPFERD

## HOLZTIER ALS DEKORATION IN KONGRESSHALLE

+++

## +++ EIMELDUNG +++

# KOMASCHLÜPFER

## MANN FINDET REIZWÄSCHE SEINER FRAU NICHT SCHÖN

+++

## +++ EIMELDUNG +++

# PHARMASCHINKEN

### NEUES ARZNEIMITTEL STILLT AUCH HUNGER

+++

## +++ EIMELDUNG +++

# SAUEREIPFERD

### KUNDE RÜGT TIER DES BIERLIEFERANTEN

+++

## +++ EIMELDUNG +++

# VATIKANN

### PAPA HAT IMMER ZEIT FÜR SEINE KINDER

+++

## +++ EIMELDUNG +++

# SPINNWAND

## MITARBEITER HALTEN IDEEN AUF KORKTAFEL FEST

+++

## +++ EIMELDUNG +++

# PAKETBOOTE

## ZUSTELLUNG DER SENDUNGEN AUCH AUF DEM WASSERWEG

+++

## +++ EIMELDUNG +++

# KLEIDGEL

## STOFF WIRD DADURCH WESENTLICH GESCHMEIDIGER

+++

## +++ EIMELDUNG +++

# EINBAUNERD

## IT-SPEZIALIST WIRD IN FIRMA FEST INSTALLIERT

+++

---

## +++ EIMELDUNG +++

# BÄRLIN

## HAUPTSTADT ÄNDERT NAMEN WEGEN FLUGHAFEN

+++

---

## +++ EIMELDUNG +++

# HASCHMASCHINE

## GERÄT ZUR VERPACKUNG DES RAUSCHMITTELS BESCHLAGNAHMT

+++

**+++ EIMELDUNG +++**

# SCHWATZARBEIT

## MANN ARBEITET NEBENBEI ALS REDNER

+++

---

**+++ EIMELDUNG +++**

# VERKEHRSGERÜCHT

## FRAU ERFÄHRT VON AFFÄRE IHRES MANNES

+++

---

**+++ EIMELDUNG +++**

# ROSENFRANZ

## HEIRATSSCHWINDLER BEEINDRUCKT MIT BLUMEN

+++

**+++ EIMELDUNG +++**

# KOFFER SPANIEL

## HUND FÜHRT GEPÄCKKONTROLLE AM FLUGHAFEN DURCH

+++

---

**+++ EIMELDUNG +++**

# FRACHTKERL

## UMZUGSFIRMA STELLT KRÄFTIGEN MITARBEITER EIN

+++

---

**+++ EIMELDUNG +++**

# SCHLÜPFERBRUMMI

## LKW HAT AUSSCHLIESSLICH UNTERWÄSCHE GELADEN

+++

## +++ EIMELDUNG +++

# BELLKARTOFFELN

## GEMÜSE WEHRT SICH LAUTSTARK GEGEN SCHÄLER

+++

## +++ EIMELDUNG +++

# DACKELKONTAKT

## HUNDE GEWÖHNEN SICH SCHNELL ANEINANDER

+++

## +++ EIMELDUNG +++

# O SOHLE MIO

## SCHUHGESCHÄFT SCHALTET RADIOWERBUNG

+++

**+++ EIMELDUNG +++**

# SCHWEINESCHNIPSEL

## TIER VERLIERT STÄNDIG TEILE SEINES KÖRPERS

+++

---

**+++ EIMELDUNG +++**

# ZICKENSCHUTZIMPFUNG

## VORSORGE ERST IM TEENAGERALTER EMPFOHLEN

+++

---

**+++ EIMELDUNG +++**

# SCHUNKELCAMP

## PUBLIKUM WIRD AUF SENDUNG VORBEREITET

+++

# REHANIMATION

## TRICKFILM MIT WALDTIEREN NEU IN KINOS

+++

# LEDERHODEN

## KRANKHEIT SCHWÄCHT MÄNNER IN BAYERN

+++

# HÄNGEGATTE

## FRAU UNZUFRIEDEN MIT KÖRPER IHRES MANNES

+++

**+++ EIMELDUNG +++**

# ERDNUSSSLIPS

**FRAU HAT KNABBERGEBÄCK
IN UNTERWÄSCHE VERSTECKT**

+++

**+++ EIMELDUNG +++**

# DEPPJACKE

**JUNGE FINDET JACKE SEINES
FREUNDES NICHT SCHICK**

+++

**+++ EIMELDUNG +++**

# AKTIONSGREIS

**RENTNER IST
STÄNDIG UNTERWEGS**

+++

**+++ EIMELDUNG +++**

# DIENSTWAFFEL

## KOSTENLOSES ANGEBOT
## IN POLIZEIKANTINE

**+++**


**+++ EIMELDUNG +++**

# SCHERZTABLETTE

## MEDIKAMENT ENTSPANNT
## PATIENTEN SOFORT

**+++**


**+++ EIMELDUNG +++**

# GELDAUTOMATT

## TRANSPORTER BLEIBT AUF
## AUTOBAHN LIEGEN

**+++**

# HOLLYWOODSCHAUFEL

## WERKZEUG ZUM BEGRABEN VON FILMPROJEKTEN ANGEKÜNDIGT

+++

# BAUMVOLLSCHLÜPFER

## UNTERWÄSCHE WIRD ALS BRAUCH AN BIRKE GEHÄNGT

+++

# SCHWAMMSCHLACHT

## PAAR BEENDET EHE IN BADEWANNE

+++

# KRANKENSCHWEIN

## HAUSTIER HILFT BEI HEILUNG

+++

# MÖHRCHENKÖNIG

## LANDWIRT ERHÖHT GEMÜSEPRODUKTION

+++

# STROMGREIS

## PENSIONIERTER ELEKTRIKER ARBEITET NEBENBEI

+++

## +++ EIMELDUNG +++

# SONGREITER

### JOCKEY SINGT WÄHREND DES RENNENS IM SATTEL

+++

## +++ EIMELDUNG +++

# TOPFPLAGEN

### KINDERGEBURTSTAG FÜR ELTERN ANSTRENGEND

+++

## +++ EIMELDUNG +++

# SCHWANENZEH

### TÄNZERIN KANN NICHT MEHR AUF EINEM FUSS STEHEN

+++

**+++ EIMELDUNG +++**

## PUDELMIEZE

**FORSCHERN GELINGT KREUZUNG ZWISCHEN HUND UND KATZE**

+++

**+++ EIMELDUNG +++**

## MIETERHÖSCHEN

**VERMIETER SCHENKT ZUM EINZUG UNTERWÄSCHE**

+++

**+++ EIMELDUNG +++**

## IMPOTT - EXPOTT

**MANN VERLÄSST RUHRGEBIET AUS BERUFLICHEN GRÜNDEN**

+++

## +++ EIMELDUNG +++

# EIFELSUCHTSDRAMA

### TOURISTEN WOLLEN NICHT MEHR ABREISEN

+++

## +++ EIMELDUNG +++

# BIBBERBETTWÄSCHE

### MATERIAL WÄRMT NICHT AUSREICHEND

+++

## +++ EIMELDUNG +++

# DADLINE

### KINDER KÖNNEN VATER JEDERZEIT ANRUFEN

+++

## +++ EIMELDUNG +++

# FETABOA

## UNTERNEHMERIN HAT KÄSE IMMER DABEI

+++

---

## +++ EIMELDUNG +++

# STUMMGEWEHR

## SOLDATEN SIND MIT WAFFE UNZUFRIEDEN

+++

---

## +++ EIMELDUNG +++

# HALSMAUL

## ANATOMISCHE BESONDERHEIT BEI JUGENDLICHEM ENTDECKT

+++

## +++ EIMELDUNG +++

# KÜMMEL UND KORN

## JÄGER FEIERN ERFOLGREICHEN ABSCHUSS

+++

## +++ EIMELDUNG +++

# OBERSCHIENE

## BAHN SETZT FRUCHT UNTER NEUEM NAMEN AUF SPEISEKARTE

+++

## +++ EIMELDUNG +++

# PULTDOGGE

## LEHRERIN UNTERRICHTET SEHR STRENG

+++

## +++ EIMELDUNG +++

# SCHIESSMUSKEL

**SCHÜTZEN TRAINIEREN GEFÜHLVOLLEN ABZUGSFINGER**

+++


## +++ EIMELDUNG +++

# RAUSCHMELDER

**SENSOR MISST ALKOHOLGEHALT IM GESAMTEN RAUM**

+++


## +++ EIMELDUNG +++

# TREKKSACK

**WANDERER LOBEN GERINGES EIGENGEWICHT DER TASCHE**

+++

+++ EIMELDUNG +++

# WEICHHÖRNCHEN

## EHESTREIT ENDET MIT SCHLIMMER BESCHIMPFUNG

+++

+++ EIMELDUNG +++

# SPECKULATIUS

## WEIHNACHTSGEBÄCK ENTHÄLT VIELE KALORIEN

+++

+++ EIMELDUNG +++

# MUNDHAARMONIKA

## FRAU HAT ANGEBLICH FELL AUF DEN ZÄHNEN

+++

## +++ EIMELDUNG +++

# PENNSTOFFZELLE

## URSACHE FÜR BÜROSCHLAF
## ENDLICH GEFUNDEN

+++

## +++ EIMELDUNG +++

# KUSSKNACKER

## FRAU VERLIEBT SICH IN
## WESENTLICH ÄLTEREN MANN

+++

## +++ EIMELDUNG +++

# HUNDESWINGER

## TIER WECHSELT PARTNERINNEN
## HÄUFIG

+++

## EGOTHERAPEUT

**FACHKRAFT IST NUR MIT SICH SELBST BESCHÄFTIGT**

+++

## KEIFZANGE

**SCHWIEGERMUTTER BEKOMMT PASSENDES GESCHENK**

+++

## EILIGABEND

**SCHWIEGERELTERN WOLLEN SCHNELL NACH HAUSE**

+++

**+++ EIMELDUNG +++**

# HÖSCHENSCHWINDEL

## FRAU HAT GAR NICHT GAR NICHTS ZUM ANZIEHEN FÜR DARUNTER

+++

---

**+++ EIMELDUNG +++**

# SCHUSSSICHERE WESPE

## INSEKT SCHÜTZT SICH VOR MENSCHEN

+++

---

**+++ EIMELDUNG +++**

# ZIEGELPETER

## VIRUSINFEKTION BEI BAUARBEITERN AUSGEBROCHEN

+++

**+++ EIMELDUNG +++**

# STEAKDOSE

### ELEKTRIKER NIMMT VERPFLEGUNG MIT AUF BAUSTELLE

**+++**

**+++ EIMELDUNG +++**

# RASTAFAHNDUNG

### TÄTER TRÄGT GANZ BESONDERE FRISUR

**+++**

**+++ EIMELDUNG +++**

# KACKADU

### BABY FORDERT MUTTER ZU TOILETTENBESUCH AUF

**+++**

## +++ EIMELDUNG +++

# HEMDSCHWELLE

## MANN MÖCHTE LIEBER SHIRTS TRAGEN

+++

## +++ EIMELDUNG +++

# BLAUNICHT

## POLIZISTEN MÖCHTEN GRÜNE UNIFORM BEHALTEN

+++

## +++ EIMELDUNG +++

# DREITAGEBAD

## FRAU MIT WEIN UND BUCH VERGISST IN WANNE DIE ZEIT

+++

## +++ EIMELDUNG +++

# GABENSTAPLER

## WEIHNACHTSMANN ARBEITET MIT SCHWERER TECHNIK

+++

## +++ EIMELDUNG +++

# SPOTTUNTERRICHT

## KINDER FINDEN NEUES SCHULFACH KLASSE

+++

## +++ EIMELDUNG +++

# KLEINGATTENANLAGE

## RUHEORT FÜR EHEMÄNNER GESCHAFFEN

+++

## +++ EIMELDUNG +++

# NIESELMOTOR

## ANTRIEB LÄUFT NUR BEI SCHLECH-TEM WETTER PROBLEMLOS

+++

## +++ EIMELDUNG +++

# SCHNEEFLITTCHEN

## PROSTITUIERTE ARBEITET KÜNFTIG IN SKIGEBIET

+++

## +++ EIMELDUNG +++

# PUUHPILLE

## KINDER BEKOMMEN KINDGERECHTES MEDIKAMENT

+++

**+++ EIMELDUNG +++**

# SHITSTROM

**BESCHIMPFUNGEN WERDEN IN ENERGIE UMGEWANDELT**

+++

---

**+++ EIMELDUNG +++**

# LEGOAN

**HAUSTIER FRISST NUR BAUSTEINE**

+++

---

**+++ EIMELDUNG +++**

# BAUCHSTREICHELDRÜSE

**AUSTRETENDE FLÜSSIGKEIT SORGT FÜR WOHLGEFÜHL**

+++

# SHOWGOEIS

## GEFRORENES WIRD VOR JEDER VERANSTALTUNG VERTEILT

+++

# GRASFASERKABEL

## ÖKOLOGISCHE ÜBERTRAGUNGS-MÖGLICHKEIT ENTWICKELT

+++

# SCHIMPANSKI

## AFFE SPIELT KOMMISSAR IN KRIMISERIE

+++

## +++ EIMELDUNG +++

# KLATSCHLEIB

**MANN MAG ES GERN
ETWAS HÄRTER**

+++

## +++ EIMELDUNG +++

# SCHAUFELSTUHL

**RUHEMÖGLICHKEIT FÜR
BAUARBEITER EINGERICHTET**

+++

## +++ EIMELDUNG +++

# MUTTERMAHL

**KINDER LIEBEN MAMAS ESSEN
SEHR**

+++

# RUBBELHOSE

**MANN BEKOMMT FLECK NICHT
MEHR AUS JEANS**

+++

# SKIRURG

**ARZT IM WINTERSPORTGEBIET
TÄTIG**

+++

# KANNENSTATISTIK

**OMA BEOBACHTET
KAFFEEVERBRAUCH BEI FEIER**

+++

## +++ EIMELDUNG +++

# SHAKESBIER

### KENNER MÖGEN PILS GERN GESCHÜTTELT

+++

## +++ EIMELDUNG +++

# VERDRECKTER ERMITTLER

### POLIZIST KANN IN DIENSTSTELLE DUSCHEN

+++

## +++ EIMELDUNG +++

# DOMINASTEINE

### LECKEREI NUR IN DER SZENE BEKANNT

+++

## +++ EIMELDUNG +++

# BEUTELTIER

### KÄNGURU VERWENDET NUR NOCH STOFFTASCHEN

+++

## +++ EIMELDUNG +++

# LEUCHTATHLETIK

### WETTBEWERBE FINDEN IN DUNKELHEIT STATT

+++

## +++ EIMELDUNG +++

# SCHWAFELSÄURE

### TROPFEN GARANTIEREN FEHLERFREIE VORTRÄGE

+++

+++ EIMELDUNG +++

# WESTENPLAGE

**SENIOREN TRAGEN GERN
ÄRMELLOSE KLEIDUNGSSTÜCKE**

+++

---

+++ EIMELDUNG +++

# STUDENTENWOHLHEIM

**PROF WUNDERT SICH ÜBER
LEEREN HÖRSAAL**

+++

---

+++ EIMELDUNG +++

# RUMBELLSTILZCHEN

**KLEINER KOLLEGE SCHREIT
STÄNDIG HERUM**

+++

+++ EIMELDUNG +++

# MIEDERVEREIN

## UNTERWÄSCHE VON FRAUEN ORGANISIERT SICH

+++

+++ EIMELDUNG +++

# SCHLAGERANFALL

## MANN ÄNDERT PLÖTZLICH SEINEN MUSIKGESCHMACK

+++

+++ EIMELDUNG +++

# ORANGE UTA

## FRAU TRÄGT MEISTENS NUR EINE FARBE

+++

## +++ EIMELDUNG +++

## EKELSTAHL

**SCHLECHTE QUALITÄT DES
WERKSTOFFS FESTGESTELLT**

+++

## +++ EIMELDUNG +++

## STASI GORENG

**REZEPT FÜR ALTES REISGERICHT
AUFGETAUCHT**

+++

## +++ EIMELDUNG +++

## TAPETENOLLE

**FRAU MÖCHTE WOHNUNG
RENOVIEREN**

+++

# WOCHENENTE

### KANTINE SERVIERT FREITAGS
### IMMER GEFLÜGEL

+++

# DORNHÖSCHEN

### FRAU TRÄGT NUR NOCH
### SICHERE UNTERWÄSCHE

+++

# SPEICHELROBE

### JURIST LÄSST SPUREN AN SEINER
### KLEIDUNG SICHERN

+++

---

+++ EIMELDUNG +++

# HETZINFARKT

**MANN REGT SICH ZU SEHR AUF**

+++

---

+++ EIMELDUNG +++

# ZETERSILIE

**PFLANZE WEHRT SICH GEGEN DEN SUPPENTOPF**

+++

---

+++ EIMELDUNG +++

# SCHAFVOLLSOCKEN

**TIER FRISST HERUMLIEGENDE KLEIDUNG**

+++

---

+++ EIMELDUNG +++

# QUIECKIE

**MANN ERSCHRECKT FRAU BEIM
HEIMKOMMEN**

+++

+++ EIMELDUNG +++

# KINGGONG

**KRONPRINZ LÄSST BESONDEREN
KLINGELTON EINSTELLEN**

+++

+++ EIMELDUNG +++

# SPULENSICHERUNG

**SPEZIALEINHEIT SUCHT NACH
ALTEN FILMEN**

+++

## +++ EIMELDUNG +++

# FALTENHEIM

## PFLEGEKRÄFTE HELFEN BEWOHNERN MIT PFLEGECREME

+++

## +++ EIMELDUNG +++

# KRIMINALHAUTKOMISSAR

## DERMATOLOGE NIMMT DIENST BEI POLIZEI AUF

+++

## +++ EIMELDUNG +++

# SIR SCHNARCHIBALD

## ADLIGER MUSS IM WOHNZIMMER SCHLAFEN

+++

# QUAKTORTE

**KUCHEN HAT ANGST VOR DEM MESSER**

+++

# STREICHELGEHWEGE

**FREUNDLICHES MITEINANDER VON FUSSGÄNGERN MÖGLICH**

+++

# LUDERBOOT

**JUNGGESELLINNENABSCHIED AUF DEM STAUSEE**

+++

**+++ EIMELDUNG +++**

# REISSWÄSCHE

**SLIPS AUS MINDERWERTIGEM MATERIAL GEFERTIGT**

+++

---

**+++ EIMELDUNG +++**

# SCHLABBERLOK

**TRIEBFAHRZEUG IST SEHR WEIT UND SEHR BEQUEM**

+++

---

**+++ EIMELDUNG +++**

# FLUGSSCHWANZ

**EDLE SÄGE SÄGT SEHR SCHNELL**

+++

+++ EIMELDUNG +++

# SKIGOLO

## TRAINER IST BEI FRAUEN UNGLAUBLICH BEGEHRT

+++

+++ EIMELDUNG +++

# USB-BUXE

## UNTERHOSE WIRD AM NOTEBOOK AUFGELADEN

+++

+++ EIMELDUNG +++

# KLOPFSALAT

## GEMÜSE MÖCHTE BEI KÄLTE INS HAUS

+++

## +++ EIMELDUNG +++

# TATENBANK

## REGISTER FÜR FLEISSIGE MITARBEITER GESCHAFFEN

+++

---

## +++ EIMELDUNG +++

# SÄBELASSELN

## TIERE BEWAFFNEN SICH FÜR KAMPF GEGEN MENSCHEN

+++

---

## +++ EIMELDUNG +++

# PINKELMESSER

## STADT GIBT STUDIE ZU ILLEGALEM URINIEREN IN AUFTRAG

+++

**+++ EIMELDUNG +++**

# SCHMOLLTREPPE

**FRAU IST AUF STUFEN STÄNDIG BELEIDIGT**

+++

---

**+++ EIMELDUNG +++**

# TIRAMIESU

**QUALITÄT DER SÜSSSPEISE LÄSST GÄSTE SAUER WERDEN**

+++

---

**+++ EIMELDUNG +++**

# PFAU-AUSSCHNITT

**SHIRTS MIT FEDERN IM SOMMER BELIEBT**

+++

## +++ EIMELDUNG +++

# TATWAFFEL

## FRAU VERGIFTET EHEMANN MIT GEBÄCK

+++

## +++ EIMELDUNG +++

# WINSELHÖSCHEN

## URALTER SLIP DES MANNES BRINGT FRAU ZUM WEINEN

+++

## +++ EIMELDUNG +++

# REDENSCHIRM

## EINSETZBAR ZUM SCHUTZ VOR LANGEN ANSPRACHEN

+++

## +++ EIMELDUNG +++

# SPEERMÜLL

### SPORTLER MIT WURFGERÄT UNZUFRIEDEN

+++

## +++ EIMELDUNG +++

# PRIMATENKAPITÄN

### AFFEN WÄHLEN EINEN NEUEN ANFÜHRER

+++

## +++ EIMELDUNG +++

# ABLECKPLANE

### HEIMWERKER REINIGT ARBEITSMITTEL GRÜNDLICH

+++

## +++ EIMELDUNG +++

# SAUSTAHL

## MANGELHAFTER WERKSTOFF GELIEFERT

+++

## +++ EIMELDUNG +++

# BORDSTEINSALBE

## BEWÄHRTES PFLEGEMITTEL FÜR STRASSENBAU

+++

## +++ EIMELDUNG +++

# SCHAUMFESTTIGER

## MANN IST STAR AUF WILDER PARTY

+++

**+++ EIMELDUNG +++**

# DOOFGASTHOF

## BEWOHNER KRITISIEREN EINZIGES LOKAL IM ORT

**+++**

---

**+++ EIMELDUNG +++**

# GLÜHWAMPE

## SCHARFES ESSEN SORGT FÜR SCHMERZEN IM BAUCH

**+++**

---

**+++ EIMELDUNG +++**

# SCHÖNHEIZKÖNIGIN

## GEWINNERIN SORGT FÜR HOHE RAUMTEMPERATUR

**+++**

**+++ EIMELDUNG +++**

# GRIPPENSPIEL

**AUFFÜHRUNG WEGEN KRANKHEIT ABGESAGT**

+++

**+++ EIMELDUNG +++**

# WÜRGEMAHLE

**ESSEN IN RESTAURANT SCHMECKT GÄSTEN NICHT**

+++

**+++ EIMELDUNG +++**

# TOMATENSIPPE

**BAUER BESCHÄFTIGT GANZE FAMILIE**

+++

## +++ EIMELDUNG +++

# SPREEDOSE

## BERLINERIN FINDET BEHÄLTER IN FLUSS

+++


## +++ EIMELDUNG +++

# ADVENTSFALLENDER

## POLIZEI LÄSST TÄGLICH EIN TÜRCHEN ÖFFNEN

+++


## +++ EIMELDUNG +++

# EINWOHNERMELKEAMT

## BEHÖRDE ERHÖHT GEBÜHREN STARK

+++

+++ EIMELDUNG +++

## FOTOALPEN

**KIND WILL IRRTÜMLICH GEBIRGE AUS DEM SCHRANK HOLEN**

+++

+++ EIMELDUNG +++

## BLÖDZINN

**FEHLERHAFTES LÖTMATERIAL WIRD ZURÜCKGERUFEN**

+++

+++ EIMELDUNG +++

## REHZEIGLING

**SCHÜLER GEBEN FÖRSTER EINEN SPITZNAMEN**

+++

**+++ EIMELDUNG +++**

# BUHTIQUE

**KUNDINNEN SIND VON GESCHÄFT ENTTÄUSCHT**

+++

---

**+++ EIMELDUNG +++**

# FETAHANDSCHUH

**KÄSEREI FORDERT KONKURRENT HERAUS**

+++

---

**+++ EIMELDUNG +++**

# SCHNITTENHUND

**TIER FRISST NACH LANGER TOUR NUR BROT**

+++

+++ EIMELDUNG +++

## ALTERSHEILZEIT

**RENTNERIN OFT BEI ÄRZTEN UND IN APOTHEKEN**

+++

+++ EIMELDUNG +++

## FETZSACK

**KRÄFTIGER MANN HAT ES IMMER EILIG**

+++

+++ EIMELDUNG +++

## SAUERBRAUT

**FRAU MIT HOCHZEITSGESCHENK NICHT ZUFRIEDEN**

+++

**+++ EIMELDUNG +++**

# ZITHERPARTIE

**MUSIKERIN BEGLEITET SPIEL AUF
IHREM INSTRUMENT**

+++

---

**+++ EIMELDUNG +++**

# SIEZUNGSSAAL

**KONFERENZTEILNEHMER MÖCHTEN
NICHT GEDUZT WERDEN**

+++

---

**+++ EIMELDUNG +++**

# ALKOHOLMISSBAUCH

**KÖRPERFÜLLE DURCH
BIER VERURSACHT**

+++

+++ EIMELDUNG +++

# ULTRASCHAL

## TUCH WIRD VON SCHWANGEREN GERN GETRAGEN

+++

+++ EIMELDUNG +++

# SCHMUSI

## NEUE BEZEICHNUNG FÜR MIXGE-TRÄNK LEICHTER AUSZUSPRECHEN

+++

+++ EIMELDUNG +++

# PFLEGENOTSAND

## ZAUBERPULVER WIRD GESTREUT UND ALLES WIRD GUT

+++

## +++ EIMELDUNG +++

# LAUNENJACKE

## KANN BEI ALLEN STIMMUNGEN GETRAGEN WERDEN

+++

## +++ EIMELDUNG +++

# KIEFERNCHIRURG

## ARZT NIMMT EINGRIFFE AN NADELBÄUMEN VOR

+++

## +++ EIMELDUNG +++

# GEDRÄNGEAUTOMAT

## GERÄT STEUERT MENSCHENMASSEN

+++

+++ EIMELDUNG +++

# EITERTANZ

**PUBERTIERENDER ERSCHRICKT VOR PICKELN**

+++

+++ EIMELDUNG +++

# DEKOLTEE

**TRENDGETRÄNK WIRD IMMER BELIEBTER**

+++

+++ EIMELDUNG +++

# SCHAFRICHTER

**JURIST URTEILT ÜBER TIERHERDE**

+++

**+++ EIMELDUNG +++**

# BALZWASSER

**FLIRTEN BEIM BADEN IM MEER
SEHR BELIEBT**

+++

---

**+++ EIMELDUNG +++**

# FIESIOTHERAPIE

**PATIENTIN FINDET MASSAGE ZU
SCHMERZHAFT**

+++

---

**+++ EIMELDUNG +++**

# HAMMEL UND ZIRKEL

**WAPPEN DER DDR SOLLTE
EIGENTLICH ANDERS AUSSEHEN**

+++

**+++ EIMELDUNG +++**

# KONSENSMILCH

**EINIGUNG ERST NACH GENUSS DES GETRÄNKES MÖGLICH**

+++

---

**+++ EIMELDUNG +++**

# PIEPSHOW

**VÖGEL ERHALTEN EIGENE TV-SENDUNG**

+++

---

**+++ EIMELDUNG +++**

# MADROHNE

**MUTTER ÜBERWACHT KIND MIT FLUGKAMERA**

+++

**+++ EIMELDUNG +++**

# WAS MIT MÄDCHEN

## JUNGS DENKEN ÜBER BERUFLICHE ZUKUNFT NACH

**+++**

---

**+++ EIMELDUNG +++**

# PSYCHOBAD

## ZIMMER NACH WISSENSCHAFTLI-CHEN ERKENNTNISSEN GESTALTET

**+++**

---

**+++ EIMELDUNG +++**

# OBERSCHENKELHALSBUCH

## STANDARDWERK FÜR CHIRURGEN ERSCHIENEN

**+++**

## +++ EIMELDUNG +++

# NATURFASLER

## BIOLOGE HÄLT UNGEWÖHNLICH LANGE VORTRÄGE

+++

## +++ EIMELDUNG +++

# LOGVOGEL

## TIER TRÄGT RING MIT ZUGANGSDATEN

+++

## +++ EIMELDUNG +++

# KENNGURU

## FRAU HAT WEISEN MANN GETROFFEN

+++

# HASCHHOUR

## DROGENDEALER IM STAU FESTGENOMMEN

+++

---

+++ EIMELDUNG +++

# FLUCHZEUG

## HEXE KAUFT NEUE AUSRÜSTUNG

+++

---

+++ EIMELDUNG +++

# BEUTELSCHEMA

## MANN MÖCHTE KEINE FRAUEN MIT PLASTIKTÜTEN TREFFEN

+++

## +++ EIMELDUNG +++

# DACHSIFAHRER

## MANN ÜBERNIMMT KLEINTIERTRANSPORTE

+++

## +++ EIMELDUNG +++

# PARTEIVORSCHWITZENDER

## CHEF STEHT MERKLICH UNTER DRUCK

+++

## +++ EIMELDUNG +++

# WOLFSDUDEL

## GERÄT WARNT BEI ANNÄHERUNG DES RAUBTIERS

+++

## +++ EIMELDUNG +++

# QUETSCHEENTCHEN

## BABY LÄSST SPIELZEUG NICHT MEHR LOS

+++

---

## +++ EIMELDUNG +++

# AUFSICHTSTURM

## GROSSER LEHRER HAT IMMER DIENST

+++

---

## +++ EIMELDUNG +++

# PFERDESTAHL

## MATERIAL WIRD IM GALOPPVERFAHREN HERGESTELLT

+++

## +++ EIMELDUNG +++

# BRASILIKUM

### NEUES GEWÜRZ NUR IN SÜDAMERIKA ERHÄLTLICH

+++

## +++ EIMELDUNG +++

# FUSSFOHLEN

### JUNGTIER TRÄGT HUFSCHUTZ STÄNDIG

+++

## +++ EIMELDUNG +++

# KUTTERMILCH

### GETRÄNK VERTREIBT SEEKRANKHEIT SOFORT

+++

+++ EIMELDUNG +++

# RUTE WIRD BERECHNET

## NORM FÜR HUNDESCHWÄNZE
## NEU DEFINIERT

+++

---

+++ EIMELDUNG +++

# WINDBOCKEN

## KIND MÖCHTE BEI STURM NICHT
## INS FREIE

+++

---

+++ EIMELDUNG +++

# BAHNSTEIGTANTE

## KINDER BEGRÜSSEN VERWANDTE
## AM BAHNHOF

+++

+++ EIMELDUNG +++

# FLUSENDIEB

**TÄTER BAUT HALBE
WASCHMASCHINE AUSEINANDER**

+++

---

+++ EIMELDUNG +++

# LASTKRASSWAGEN

**KINDER BESTAUNEN RIESIGEN LKW
AUF BAUSTELLE**

+++

---

+++ EIMELDUNG +++

# GREISVERKEHR

**SENIOREN MEISTENS VORMITTAGS
UNTERWEGS**

+++

**+++ EIMELDUNG +++**

# KOTZGESCHICHTE

**LESER KRITISIEREN KURZTEXT
EINES AUTORS HEFTIG**

+++

---

**+++ EIMELDUNG +++**

# LEERKÖRPER

**LEHRER DURCH HOHE
STUNDENZAHL ÜBERFORDERT**

+++

---

**+++ EIMELDUNG +++**

# OLDEIMER

**DEFEKTER ABFALLBEHÄLTER MUSS
ERNEUERT WERDEN**

+++

**+++ EIMELDUNG +++**

# SCHWARZES SCHARF

**MANN FINDET UNTERWÄSCHE
SEINER FRAU SCHÖN**

+++

---

**+++ EIMELDUNG +++**

# VIEHTRINE

**LANDWIRT STELLT
TIERBETREUERIN EIN**

+++

---

**+++ EIMELDUNG +++**

# BOLZWURM

**SPIELER FRISST SICH DURCH
GEGNERISCHE ABWEHR**

+++

+++ EIMELDUNG +++

## ERBSHERZOG

**ADLIGER HOFBESITZER
VERDOPPELT ANBAUFLÄCHE**

+++

+++ EIMELDUNG +++

## GATTENZAUN

**EHEMANN DARF KÜCHE NICHT
MEHR BETRETEN**

+++

+++ EIMELDUNG +++

## MIETEKATZE

**FRAU LEIHT HAUSTIER AN
FREUNDE AUS**

+++

+++ EIMELDUNG +++

# REINLÄNDER

## FRÖHLICHER MANN DUSCHT TÄGLICH

+++

+++ EIMELDUNG +++

# WATEZIMMER

## RAUM NACH WASSERROHRBRUCH VORÜBERGEHEND GESPERRT

+++

+++ EIMELDUNG +++

# TANKERSLIP

## SEELEUTE TRAGEN BEQUEME UNTERWÄSCHE

+++

## +++ EIMELDUNG +++

# GELÄNDEMAGEN

## VERDAUUNG AUCH AUF UNEBENEM UNTERGRUND GUT

+++

---

## +++ EIMELDUNG +++

# CARFREITAG

## FAMILIENAUTO BLEIBT HEUTE IN DER GARAGE

+++

---

## +++ EIMELDUNG +++

# HAIRKULES

## GRIECHISCHER HELD NACH FRISEURBESUCH ZUFRIEDEN

+++

## +++ EIMELDUNG +++

# KATERSTROPHE

### KATZENLIEBHABER SCHREIBT
### ERSTES GEDICHT

+++

## +++ EIMELDUNG +++

# SCHNABELGASSE

### NACHNAME VOGEL IN EINER
### STRASSE SEHR HÄUFIG

+++

## +++ EIMELDUNG +++

# WOW WOW

### HUND SPRICHT FRAUCHEN
### HÖCHSTES LOB AUS

+++

# IMTEAMRASUR

## MITARBEITER GEHEN
## GESCHLOSSEN ZUM FRISEUR

+++

---

# SOHNENSCHIRM

## SCHUTZ VOR LAUNEN EINES
## PUBERTIERENDEN

+++

---

# WEIHNACHTSEIER

## MITARBEITER SAGT CHEF AUF
## FEIER DIE MEINUNG

+++

## +++ EIMELDUNG +++

# TEERAPEUT

### EXPERTE FÜR STRASSENBELAG
### BEGLEITET BAU

+++

## +++ EIMELDUNG +++

# MUTTIVATION

### MAMA BEGEISTERT IHRE KINDER
### TÄGLICH

+++

## +++ EIMELDUNG +++

# FAIRVOLKER

### POLIZEI NIMMT ANSTÄNDIGEN
### TÄTER FEST

+++

**+++ EIMELDUNG +++**

# SCHLAUSPIELHAUS

### SCHACHMEISTERSCHAFT FINDET
### IM THEATER STATT

**+++**

---

**+++ EIMELDUNG +++**

# KUNSTABZUGSHAUBE

### FEHLERHAFTES GERÄT SAUGT
### LEIDER AUCH KREATIVITÄT AB

**+++**

---

**+++ EIMELDUNG +++**

# TISCHDENNIS

### SOHN ISST NUN MIT ELTERN IM
### WOHNZIMMER

**+++**

# WASSERREIMER

## LYRIKER SCHREIBT GEDICHTE NUR IM POOL

+++

# BARTDIRECTOR

## HAARWUCHS DES AGENTURCHEFS BEEINDRUCKT MITARBEITER

+++

# LABERDOR

## HUND REDET GERN UND VIEL

+++

## +++ EIMELDUNG +++

# STROMWITWER

### ENERGIEVERSORGER KÜNDIGT
### KUNDEN DEN VERTRAG

+++

## +++ EIMELDUNG +++

# LECKERPISSEN

### TEENAGER PRAHLT MIT
### TOILETTENBESUCH

+++

## +++ EIMELDUNG +++

# KRANKENGASSE

### VIRUS IN EINER GANZEN STRASSE
### AUSGEBROCHEN

+++

## +++ EIMELDUNG +++

# SALZSOHLE

**SCHUHE SIND BEI EIS UND SCHNEE SICHER**

+++

## +++ EIMELDUNG +++

# KUHFÜRST

**BAUER ERWEITERT MILCHVIEHANLAGE**

+++

## +++ EIMELDUNG +++

# WASSER ARSCH!

**NEUER BEFEHL BEI FREIWILLIGER FEUERWEHR**

+++

## +++ EIMELDUNG +++

# KAFFEEGRENZCHEN

## BEI PASSKONTROLLE GIBT ES HEISSGETRÄNKE

+++

## +++ EIMELDUNG +++

# PANNENELFER

## SPIELER TRIFFT BEI ENTSCHEIDUNG NICHT

+++

## +++ EIMELDUNG +++

# BRUSTWANZE

## INSEKT BEFÄLLT VORRANGIG OBERKÖRPER

+++

**+++ EIMELDUNG +++**

# KARTENZWERG

### JUNGER SKATSPIELER IST ÜBERAUS ERFOLGREICH

+++

---

**+++ EIMELDUNG +++**

# WASCHLECKEN

### GRÜNDLICHE REINIGUNG DES KÖRPERS MÖGLICH

+++

---

**+++ EIMELDUNG +++**

# QUÄLIFIKATIONSSPIEL

### AUSSCHEIDUNGSRUNDE IST ZU ANSTRENGEND

+++

## +++ EIMELDUNG +++

# LANBÜRSTE

## REINIGUNG BEI GERINGER SENDELEISTUNG SINNVOLL

+++

---

## +++ EIMELDUNG +++

# PAUERKRAUT

## BEILAGE HAT BESONDERS VIELE VITAMINE

+++

---

## +++ EIMELDUNG +++

# KRAWATTENHODEN

## BETROFFENE SPÜREN LEICHTES ZIEHEN

+++

# WOLLLUST

## OMA STRICKT FÜR ENKELIN

+++

# GLIMMBENGEL

## JUGENDLICHER RAUCHT HEIMLICH

+++

# TOPFMODEL

## FRAU ARBEITET IN WERBUNG FÜR KÜCHEN

+++

**+++ EIMELDUNG +++**

# KÄMMGIRL

**MÄDCHEN LEGT WERT AUF GEPFLEGTES HAAR**

+++

**+++ EIMELDUNG +++**

# ZEHENKÄMPFER

**MANN MUSS HARTE NÄGEL MIT ZANGE SCHNEIDEN**

+++

**+++ EIMELDUNG +++**

# HAPPY BÜRSTDAY

**BUTLER PUTZT TAFELSILBER WÖCHENTLICH**

+++

+++ EIMELDUNG +++

# VOGELKRIPPE

### KLEINE VÖGEL WERDEN VON ELTERN GEBRACHT

+++

+++ EIMELDUNG +++

# ROTKÖPPCHEN

### FRAU NACH HEIRATSANTRAG SEHR AUFGEREGT

+++

+++ EIMELDUNG +++

# LIEGENBARON

### UNTERNEHMER VERKAUFT ERFOLGREICH STRANDMÖBEL

+++

**+++ EIMELDUNG +++**

## KRIPPESCHUTZIMPFUNG

**KLEINKIND WILL SPRITZE UND NICHT KITA**

**+++**

---

**+++ EIMELDUNG +++**

## WOLLMISCHSAU

**TIER STRICKT GERN MIT VERSCHIEDENEN FARBEN**

**+++**

---

**+++ EIMELDUNG +++**

## NÖMASCHINE

**GERÄT BEANTWORTET ALLE ANFRAGEN MIT NEIN**

**+++**

## +++ EIMELDUNG +++

# REIZVERSCHLUSS

### FRAU TRÄGT NUR
### HOCHGESCHLOSSENE OBERTEILE

+++

## +++ EIMELDUNG +++

# GRAUHAARDACKEL

### HUND HAT HOHES ALTER
### ERREICHT

+++

## +++ EIMELDUNG +++

# SCHILDGRETE

### FRAU REINIGT FREIWILLIG
### VERKEHRSZEICHEN

+++

# HIMMELSPFOTE

## HUNDEBESITZER IST MIT TIER SEHR GLÜCKLICH

+++

# TORSCHUSSPANIK

## STÜRMER HAT GROSSE ANGST VOR ELFMETER

+++

# GEWEHRMUTTER

## JÄGER GEHT MIT MAMA AUF DIE JAGD

+++

**+++ EIMELDUNG +++**

## SPÄTAGOGE

**LEHRER BEGINNT ARBEIT ERST ZUR DRITTEN STUNDE**

+++

**+++ EIMELDUNG +++**

## ÄSBESTECK

**TIERE NEHMEN NAHRUNG MIT MESSER UND GABEL AUF**

+++

**+++ EIMELDUNG +++**

## BEZIEHUNGSKÜSTE

**PAARE KLÄREN PROBLEME AM STRAND**

+++

## +++ EIMELDUNG +++

# SCHACHKOPF

### ZUSCHAUER BESCHIMPFT ERFAHRENEN SPIELER

+++

## +++ EIMELDUNG +++

# MESSÄTSCH

### KOLLEGIN SCHICKT ERGEBNISSE SCHNELLER AN CHEF

+++

## +++ EIMELDUNG +++

# ARBEITSGREIS

### RENTNER MUSS NEBENTÄTIGKEIT AUFNEHMEN

+++

**+++ EIMELDUNG +++**

# FLITZPANTOFFELN

## SCHUHE ZUR SCHNELLEN FORTBEWEGUNG IM HAUS

+++

---

**+++ EIMELDUNG +++**

# SPEICHELKAPAZITÄT

## NEUES KRITERIUM FÜR BEWERTUNG VON NOTEBOOKS

+++

---

**+++ EIMELDUNG +++**

# WASSERBEET

## RICHTIGES GIESSEN ENORM WICHTIG

+++

## +++ EIMELDUNG +++

# SCHWATZGELD

## ERHÖHTES HONORAR FÜR
## TALKSHOW-GÄSTE

+++

## +++ EIMELDUNG +++

# NABELSCHUR

## BAUCHMITTE IST WÖCHENTLICH
## ZU ENTHAAREN

+++

## +++ EIMELDUNG +++

# DURCHSCHNITZEINKOMMEN

## KÜNSTLER VERDIENT GELD MIT
## HOLZFIGUREN

+++

## +++ EIMELDUNG +++

# SEGENJACKE

**KLEIDUNGSSTÜCK WIRD NUR BEI GOTTESDIENST GETRAGEN**

+++

## +++ EIMELDUNG +++

# WAHLKRAMPF

**KANDIDAT HAT STARKE SCHMERZEN IM ARM**

+++

## +++ EIMELDUNG +++

# SAUKRAFTREGULIERUNG

**SCHWEINE KÖNNEN BEI BEDARF BERUHIGT WERDEN**

+++

## +++ EIMELDUNG +++

# ALKORHYTHMUS

## IT-TECHNIKER TRINKT WÄHREND ARBEITSZEIT REGELMÄSSIG

+++

## +++ EIMELDUNG +++

# BIEROKRATIE

## EHEMANN MUSS JEDE FLASCHE GENEHMIGEN LASSEN

+++

## +++ EIMELDUNG +++

# WORKFLOH

## SCHLANKER KOLLEGE ARBEITET MEISTENS LÄNGER

+++

## +++ EIMELDUNG +++

# SOLALAMPE

## LEUCHTMITTEL ERZEUGT NICHT GENUG LICHT

+++

## +++ EIMELDUNG +++

# BORDSTEINTANTE

## MUTTER STELLT SOHN PROSTITUIERTE VOR

+++

## +++ EIMELDUNG +++

# FEUERMELKER

## WÄRME IM STALL STEIGERT MILCHERTRAG

+++

+++ EIMELDUNG +++

## WEICHSPIELER

**VERTEIDIGER VERMEIDET HÄUFIG KÖRPERKONTAKT**

+++

+++ EIMELDUNG +++

## SCHACHSPÜLER

**GROSSMEISTER LÄSST FIGUREN REINIGEN**

+++

+++ EIMELDUNG +++

## BÄRÜCKE

**TIER TRÄGT BEI RAUBZÜGEN FALSCHES FELL**

+++

**+++ EIMELDUNG +++**

# DRÜSENJÄGER

## ARZT AUF BESTIMMTE ORGANE SPEZIALISIERT

+++

**+++ EIMELDUNG +++**

# GOETHESTRAFE

## ANWOHNER FINDEN KOMPLETTEN STRASSENNAMEN ZU LANG

+++

**+++ EIMELDUNG +++**

# SCHNAPSATMUNG

## FAHRER RIECHT STARK NACH ALKOHOL

+++

**+++ EIMELDUNG +++**

## WINDSCHMUTZSCHEIBE

**SCHLECHTE SICHT IST SEHR GEFÄHRLICH**

**+++**

---

**+++ EIMELDUNG +++**

## RATENZAHNUNG

**PATIENT BEZAHLT DRITTE ZÄHNE IN ZWEI TEILEN**

**+++**

---

**+++ EIMELDUNG +++**

## BADEHEMMUNG

**BABY HAT GROSSE ANGST VOR WANNE**

**+++**

+++ EIMELDUNG +++

## STAUBSAUGEROHR

**ABHÖREINRICHTUNG IN GERÄT
ENTDECKT**

+++


+++ EIMELDUNG +++

## EINLEGEHODEN

**BEI MANN WIRD NEUE KRANKHEIT
DIAGNOSTIZIERT**

+++


+++ EIMELDUNG +++

## GERAUCHTWAGEN

**AUTO GEHÖRTE KEINEM
NICHTRAUCHER**

+++

+++ EIMELDUNG +++

# MARDERPFAHL

**RAUBTIER KANN MIT HOLZ
VERTRIEBEN WERDEN**

+++

+++ EIMELDUNG +++

# BESCHATTUNGSUNTERNEHMER

**BERUFSBEZEICHNUNG FÜR
DETEKTIVE GEÄNDERT**

+++

+++ EIMELDUNG +++

# ABOTHEKE

**FRAU BESTELLT
GESUNDHEITSZEITSCHRIFT**

+++

## +++ EIMELDUNG +++

# RATTENMÖBEL

### NAGETIERE WOHNEN IN SESSEL AUF TERRASSE

+++

## +++ EIMELDUNG +++

# BETWÄSCHE

### KIRCHE TESTET KLEIDERORDNUNG

+++

## +++ EIMELDUNG +++

# PLATTITÜTE

### TRAGETASCHE LÄSST SICH FLACH ZUSAMMENLEGEN

+++

**+++ EIMELDUNG +++**

# SCHAMBOLZEN

**JUGENDLICHER WILL ZIMMER
NICHT MEHR VERLASSEN**

+++

**+++ EIMELDUNG +++**

# BENGALOTIGER

**FUSSBALLFAN FÜR FEUERWERK IM
STADION VERANTWORTLICH**

+++

**+++ EIMELDUNG +++**

# GEBÄUDEPEINIGER

**REINIGER VERWENDET ZU STARKE
PUTZMITTEL**

+++

**+++ EIMELDUNG +++**

# FLEGELDIENST

## PUBERTIERENDE WERDEN ZU HAUSE BETREUT

+++

**+++ EIMELDUNG +++**

# SCHICKENBURGER

## OMA SENDET ENKELIN BELEGTES BRÖTCHEN PER POST

+++

**+++ EIMELDUNG +++**

# VIEHTHEORECORDER

## BAUER FILMT SEINE TIERE NOCH ALTMODISCH

+++

## +++ EIMELDUNG +++

# ABSCHUSSTRAINING

## MITARBEITER INTRIGIEREN GEGEN CHEF

+++

## +++ EIMELDUNG +++

# FEIERWEHR

## SPEZIALEINHEIT WIRD BEI PARTYS EINGESETZT

+++

## +++ EIMELDUNG +++

# BERNHARDDIENER

## HAUSANGESTELLTER NENNT NUR VORNAME UND BERUF

+++

**+++ EIMELDUNG +++**

## ZIGARETTENKLIPPE

**RAUCHERBREICH AN GEFÄHRLI-
CHEM ORT EINGERICHTET**

+++

**+++ EIMELDUNG +++**

## SCHMATZKAMMER

**KLEINES RESTAURANT FÜHRT
UNGEWÖHNLICHEN NAMEN**

+++

**+++ EIMELDUNG +++**

## BEIFAHRERTIER

**HUND FÄHRT MIT HERRCHEN
AUTO**

+++

**+++ EIMELDUNG +++**

# FEINSTUMPFHOSE

**ZARTES TEIL GLÄNZT ÜBERHAUPT
NICHT MEHR**

+++

---

**+++ EIMELDUNG +++**

# GUTEWACHTKUSS

**WACHPERSONAL HERZLICH IN
DIENST VERABSCHIEDET**

+++

---

**+++ EIMELDUNG +++**

# KREDITKATE

**EHEPAAR ZAHLT ALTES HAUS
IN RATEN AB**

+++

+++ EIMELDUNG +++

# SICHERHEIZSCHUHE

## MONTEURE TRAGEN SIE
## IM WINTER GERN

+++

---

+++ EIMELDUNG +++

# JABAHNER

## MANN BEANTWORTET FRAGE NACH
## BERUF

+++

---

+++ EIMELDUNG +++

# AMTSANRITT

## NEUER CHEF ERSCHEINT AUF PONY

+++

**+++ EIMELDUNG +++**

# DICKITALISIERUNG

## MENSCHEN NEHMEN LAUT STUDIE WEITERHIN ZU

**+++**

---

**+++ EIMELDUNG +++**

# KARMASUTRA

## LEHRWERK BEI AUSGRABUNGEN GEFUNDEN

**+++**

---

**+++ EIMELDUNG +++**

# SÄGEFLUGZEUG

## FLIEGER WIRD IN FORSTBETRIEBEN EINGESETZT

**+++**

**+++ EIMELDUNG +++**

# WUFFGESCHOSS

## KLEINER HUND RENNT EXTREM SCHNELL

**+++**

**+++ EIMELDUNG +++**

# BRIEFMACKENSAMMLER

## RENTNER SUCHT FEHLER IN AMTLICHEN SCHREIBEN

**+++**

**+++ EIMELDUNG +++**

# MEHRBUSEN

## FRAUEN BETRACHTEN NEUE KOLLEGIN KRITISCH

**+++**

**+++ EIMELDUNG +++**

# LEBKUCHENNERZ

**KLEIDUNGSSTÜCK WIRD VON HAND GEFERTIGT**

+++

---

**+++ EIMELDUNG +++**

# STAUBARTIKEL

**JOURNALIST SCHREIBT BEITRAG ÜBER SCHMUTZ**

+++

---

**+++ EIMELDUNG +++**

# ZANKSTELLE

**PLATZ ZUR STREITBEWÄLTIGUNG IM HAUS GEFUNDEN**

+++

## +++ EIMELDUNG +++

# GEMEINAGENT

## SPION KÄMPFT NICHT FÜR DAS GUTE

+++


## +++ EIMELDUNG +++

# MUTTI DI MARE

## FISCHERIN IST WELTBERÜHMT

+++


## +++ EIMELDUNG +++

# FAHNENNEID

## NACHBAR HISST GRÖSSERE FLAGGE AM HAUS

+++

## +++ EIMELDUNG +++

# KEY4

## WEIHNACHTSBAUM ERHÄLT
## TRENDIGEN NAMEN

+++

## +++ EIMELDUNG +++

# RIECHENBLUSE

## OBERTEIL MUSS DRINGEND
## GEWASCHEN WERDEN

+++

## +++ EIMELDUNG +++

# BUCHHANTEL

## FITNESSGERÄT IN HANDLICHER
## FORM FÜR LESERATTEN

+++

**+++ EIMELDUNG +++**

# GUCKGUCK

**KIND SPRICHT STÜNDLICH MIT WANDUHR**

+++

---

**+++ EIMELDUNG +++**

# WAKE-UP-ARTIST

**HOTEL LÄSST GÄSTE DURCH KÜNSTLER WECKEN**

+++

---

**+++ EIMELDUNG +++**

# PUNSCHKIND

**NACHWUCHS IN WEIHNACHTSZEIT ENTSTANDEN**

+++

**+++ EIMELDUNG +++**

# KELLNER KARNEVAL

## MITARBEITER IM SERVICE FEIERN AUCH FASCHING

+++

---

**+++ EIMELDUNG +++**

# FÄHRPLAY

## SPIELSALON IST WÄHREND DER ÜBERFAHRT GEÖFFNET

+++

---

**+++ EIMELDUNG +++**

# MUTTIZZETTEL

## MUTTER GIBT KIND SCHRIFTLICHE HINWEISE

+++

## +++ EIMELDUNG +++

# BITCHVOLLEYBALL

## SPIELERINNEN WERDEN NACH NIEDERLAGE BESCHIMPFT

+++

## +++ EIMELDUNG +++

# RETTUNGSWAAGEN

## GERÄTE ZEIGEN GERINGERES KÖRPERGEWICHT AN

+++

## +++ EIMELDUNG +++

# LATZHOSEINTOLERANZ

## KLEMPNER DARF IN JOGGINGHOSE ARBEITEN

+++

**+++ EIMELDUNG +++**

# CARMENBERT

**EHEPAAR STELLT SICH VOR**

+++

---

**+++ EIMELDUNG +++**

# HAMSTERDAMM

**STADT BAUT EIGENE STRASSE FÜR NAGER**

+++

---

**+++ EIMELDUNG +++**

# SCHREITISCH

**MÖBELSTÜCK IM BÜRO DES VORGESETZTEN GEFÜRCHTET**

+++

## +++ EIMELDUNG +++

# WINDOFFS-ZEHEN

### FORSCHER ENTDECKEN NEUE FUSSKRANKHEIT

+++

## +++ EIMELDUNG +++

# BOMMELMIEZE

### KATZE TRÄGT GERN MODERNE KOPFBEDECKUNG

+++

## +++ EIMELDUNG +++

# ELFMETERMÜTZE

### TORWART SCHWÖRT AUF GLÜCKSBRINGER

+++

## +++ EIMELDUNG +++

# JOHANNNIESBEERE

## GÄRTNER IST GEGEN FRUCHT ALLERGISCH

+++

## +++ EIMELDUNG +++

# LIEBESTRÖTER

## MANN GESTEHT FRAU LAUTSTARK SEINE ZUNEIGUNG

+++

## +++ EIMELDUNG +++

# TOILETTENSPIELUNG

## KINDER ÜBEN ERSTE WC-BENUTZUNG

+++

# BREISPRUNG

**DISZIPLIN BESONDERS BEI JUNGEN ELTERN BELIEBT**

+++

# HOT DOC

**SCHWESTERN REDEN HEIMLICH ÜBER NEUROLOGEN**

+++

# KLEBKUCHEN

**WEIHNACHTSGEBÄCK SCHMECKT NICHT**

+++

## +++ EIMELDUNG +++

# UHRENDOKTORWÜRDE

## HANDWERKER ERHÄLT
## HOHE AUSZEICHNUNG

+++


## +++ EIMELDUNG +++

# QUALERGEBNIS

## PARTEI VERLIERT MEHR ALS
## ZEHN PROZENT

+++


## +++ EIMELDUNG +++

# NACKTFAHRVERBOT

## PAKETFAHRER LIEFERT WIEDER
## ANGEZOGEN AUS

+++

## +++ EIMELDUNG +++

# BROMBEERJACKE

### STOFF WIRD MIT ZERKLEINERTEN BEEREN VEREDELT

+++

## +++ EIMELDUNG +++

# FLUCHTFLIEGE

### INSEKT STÖRT ABREISE DER BANKRÄUBER

+++

## +++ EIMELDUNG +++

# GEISTERFEGER

### REINIGUNG ERFOLGT IMMER NACHTS

+++

## +++ EIMELDUNG +++

# VOLLEIBALL

**HÜHNER LIEFERN SPIELGERÄT TÄGLICH FRISCH AN**

+++

## +++ EIMELDUNG +++

# MANTARINE

**FRUCHT NUR FÜR LIEBHABER DES KULTAUTOS**

+++

## +++ EIMELDUNG +++

# BAHNHOFSFALLE

**REISENDE SITZEN NACH ZUGAUSFÄLLEN FEST**

+++

**+++ EIMELDUNG +++**

# KRALLFROSCH

**TIER KANN EINFACH NICHT LOSLASSEN**

**+++**

---

**+++ EIMELDUNG +++**

# PIEPLIOTHEK

**VOGEL SCHLÜPFT DURCH LOCH IN BÜCHEREI**

**+++**

---

**+++ EIMELDUNG +++**

# AIRLEIN

**KLEINE FLUGLINIE NIMMT BETRIEB AUF**

**+++**

## +++ EIMELDUNG +++

# STADTFINDEN

**BUNDESWEITE SUCHE NACH
BIELEFELD GESTARTET**

+++


## +++ EIMELDUNG +++

# MUSKELTIERE

**FITNESSSTUDIO STARTET
WERBEKAMPAGNE**

+++


## +++ EIMELDUNG +++

# HUNDECODE

**HAUSTIERE NUR NOCH MIT
GEHEIMZAHL ZU STARTEN**

+++

**+++ EIMELDUNG +++**

# BÜHNENSTICH

**KÜNSTLER STÄRKT SICH VOR
KONZERT MIT KUCHEN**

+++

**+++ EIMELDUNG +++**

# HELLZEHER

**WEISSE SOCKEN VERHINDERN
FUSSBRÄUNUNG**

+++

**+++ EIMELDUNG +++**

# PATZWORT

**KENNWORT ALS ZU UNSICHER
ABGELEHNT**

+++

**+++ EIMELDUNG +++**

# AUSBILDUNGSLATZ

**LEHRLINGE BEKOMMEN ZUM
SCHUTZ UMHÄNGE**

+++

---

**+++ EIMELDUNG +++**

# FEINKOSTMADEN

**INSEKTEN WOLLEN AUCH
GUT SPEISEN**

+++

---

**+++ EIMELDUNG +++**

# KAENHOELZDRUEN

**MÖBELHERSTELLER PRÄSENTIERT
NEUES REGAL**

+++

+++ EIMELDUNG +++

# COPSCHMERZEN

**POLIZIST IM DIENST AM KOPF
VERLETZT**

+++


+++ EIMELDUNG +++

# LECHZANWALT

**JURIST FREUT SICH AUF ERSTES
MANDAT**

+++


+++ EIMELDUNG +++

# BADEENDE

**FREIBAD BEENDET
ERFOLGREICHE SAISON**

+++

## +++ EIMELDUNG +++

# WATERLU

**DER KLEINE LUKAS SPIELT GERN
IM WASSER**

+++

## +++ EIMELDUNG +++

# ERBERWÄRMUNG

**JUNGE FRAU KÜMMERT SICH
AUFFÄLLIG UM GROSSTANTE**

+++

## +++ EIMELDUNG +++

# MANDELPAVIAN

**MEERKATZE MAG SIE
GEBRANNT UND SÜSS**

+++

+++ EIMELDUNG +++

# REISWÄSCHE

## BH AUS KÖRNERN ÜBERZEUGT KUNDINNEN

+++

+++ EIMELDUNG +++

# CAPPUSCHIENO

## BAHN BIETET EIGENES GETRÄNK AN

+++

+++ EIMELDUNG +++

# KOFFERGIRL

## STUDENTIN KÜMMERT SICH UM REISEGEPÄCK

+++

## +++ EIMELDUNG +++

# GAGADU

**MANN BESCHIMPFT
ARBEITSKOLLEGEN**

+++

## +++ EIMELDUNG +++

# UMFALLSTELLE

**ANGESTELLTER ÄNDERT IM BÜRO
DES CHEFS SEINE MEINUNG**

+++

## +++ EIMELDUNG +++

# BRAUKLEID

**ARBEITSKLEIDUNG BEI
BIERHERSTELLER EINGEFÜHRT**

+++

+++ EIMELDUNG +++

# GÄNGWEH

## GRUPPE HAT NACH PRÜGELEI SCHMERZEN

+++


+++ EIMELDUNG +++

# MIETWOCH

## UMSATZSTÄRKSTER WOCHENTAG FÜR AUTOVERLEIHER

+++


+++ EIMELDUNG +++

# RESTAURANTLACHFRAU

## BETREUERIN FÜR GELANGWEILTE KINDER ENGAGIERT

+++

**+++ EIMELDUNG +++**

# CHARMEHAAR

## HEIRATSSCHWINDLER LÄSST NUR VON PROFI SCHNEIDEN

+++

**+++ EIMELDUNG +++**

# ERNTETANKFEST

## LANDWIRTE FEIERN KRAFTSTOFFKAUF

+++

**+++ EIMELDUNG +++**

# NACHBARSCHAFSSTREIT

## TIER BELÄSTIGT BEWOHNER DES NEBENHAUSES

+++

**+++ EIMELDUNG +++**

# REDENSCHAUER

**LÄNGER ANHALTENDE ANSPRACHEN GEMELDET**

+++

---

**+++ EIMELDUNG +++**

## DIENSTAUSSICHTSBESCHWERDE

**BEAMTER MIT AUSBLICK AUS BÜRO UNZUFRIEDEN**

+++

---

**+++ EIMELDUNG +++**

# HONIGBÜHNE

**IMKER LIEFERT GESAMTE DEKORATION SELBST**

+++

**+++ EIMELDUNG +++**

# RUCKZACK

## TRAINER FORDERT MEHR EINSATZ VON SPIELERN

**+++**

---

**+++ EIMELDUNG +++**

# FLIEGENPILS

## TRÄGER EINES QUERBINDERS ERHALTEN BIER KOSTENLOS

**+++**

---

**+++ EIMELDUNG +++**

# KUNDEHÜTTE

## BERATUNGSGESPRÄCHE FINDEN IM NEBENRAUM STATT

**+++**

## +++ EIMELDUNG +++

# FLUGBEKLEIDER

## MODEBERATER IMMER MIT AN BORD

+++

## +++ EIMELDUNG +++

# IMPFBASS

## KAMPAGNE BEGINNT MIT MUSIKSHOW

+++

## +++ EIMELDUNG +++

# NAGERARBEITER

## BETREUER KÜMMERT SICH RÜHREND UM HAMSTER

+++

**+++ EIMELDUNG +++**

# BLECHHOSE

## MANN TRÄGT GERN
## STABILE KLEIDUNG

+++

---

**+++ EIMELDUNG +++**

# GEFLECHTSVERKEHR

## STRASSEN AN KREUZUNG
## INEINANDER VERSCHLUNGEN

+++

---

**+++ EIMELDUNG +++**

# PUNSCHZETTEL

## FIRMA GIBT GUTSCHEINE FÜR
## HEISSGETRÄNK AUS

+++

+++ EIMELDUNG +++

# DATENPUNK

**IT-MITARBEITER BEARBEITET
INFORMATIONEN SEHR KREATIV**

+++

+++ EIMELDUNG +++

# NEBELDANCEBAR

**SPEZIALEFFEKTE SORGEN FÜR
SCHLECHTE SICHT AUF BÜHNE**

+++

+++ EIMELDUNG +++

# GLOWPAPIER

**BLÄTTER LEUCHTEN DAS
TOILETTENBECKEN AUS**

+++

**+++ EIMELDUNG +++**

# LENDENSCHNURZ

**TOURISTIN INTERESSIERT SICH
NICHT FÜR MÄNNER AM STRAND**

+++

**+++ EIMELDUNG +++**

# RADAUFALLE

**FAHRER MIT ZU LAUTEN
AUTORADIOS GESTOPPT**

+++

**+++ EIMELDUNG +++**

# GREISSAAL

**EHEMALIGE HEBAMMEN TREFFEN
SICH JÄHRLICH**

+++

## +++ EIMELDUNG +++

# KAMELE

**BEIM KARNEVAL WERDEN GRÖSSE-
RE SÜSSIGKEITEN GEWORFEN**

+++

## +++ EIMELDUNG +++

# PFANDMÄNNCHEN

**MANN MIT SPITZBART BLOCKIERT
AUTOMATEN**

+++

## +++ EIMELDUNG +++

# HITSCHLAG

**SONG STEIGT PLÖTZLICH IN DEN
CHARTS**

+++

**+++ EIMELDUNG +++**

# ZAHNEINIGUNG

**ARZT UND PATIENT STIMMEN ÜBER ZU ZIEHENDE ZÄHNE AB**

+++

---

**+++ EIMELDUNG +++**

# PACKVERBOT

**KOFFER WERDEN ERST AM TAG VOR DER ABREISE BEFÜLLT**

+++

---

**+++ EIMELDUNG +++**

# LAVATASCHE

**FRAU FÜHRT IMMER GESTEIN MIT SICH**

+++

**+++ EIMELDUNG +++**

# FUSSBODENREIZUNG

**LAMINAT HAT SCHLECHTE LAUNE**

+++

---

**+++ EIMELDUNG +++**

# EISBÄRSALAT

**WILDGERICHT NICHT MEHR AUF
DER SPEISEKARTE**

+++

---

**+++ EIMELDUNG +++**

# SCHLAPPDATE

**AKTUALISIERUNG VERLANGSAMT
SOFTWARE**

+++

**+++ EIMELDUNG +++**

## GIERAFFE

**SCHIMPANSE MÖCHTE IMMER
MEHR FUTTER HABEN**

**+++**


**+++ EIMELDUNG +++**

## NIESTRUMPF

**FRAU TRÄGT NUR STRUMPFHOSEN**

**+++**


**+++ EIMELDUNG +++**

## OSTERKLAMM

**FAMILIE KAUFT ZU VIELE
GESCHENKE**

**+++**

## +++ EIMELDUNG +++

# TENNISDARM

## LANGE SPIELE UNGÜNSTIG FÜR VERDAUUNG

+++

## +++ EIMELDUNG +++

# HASI GORENG

## KANINCHEN FRESSEN GERN REIS

+++

## +++ EIMELDUNG +++

# NABELLACK

## FARBIGE VERSIEGELUNG DER KÖRPERMITTE IM TREND

+++

**+++ EIMELDUNG +++**

# F-ZEH

**SPIELER ENTDECKT ANATOMISCHE
BESONDERHEIT AM FUSS**

+++

---

**+++ EIMELDUNG +++**

# HAFERLOCKEN

**BAUER HAT BEI DATE PFLANZEN
IM HAAR**

+++

---

**+++ EIMELDUNG +++**

# PEACETOLE

**WAFFE WIRD NUR ALS
DEKORATION VERWENDET**

+++

---

**+++ EIMELDUNG +++**

# KOCHMIEZE

### JUNGE KÜCHENCHEFIN TRITT DIENST AN

**+++**

---

**+++ EIMELDUNG +++**

# PLATTLAUS

### BEGEGNUNG MIT MANN ENDET FÜR INSEKT TÖDLICH

**+++**

---

**+++ EIMELDUNG +++**

# BIGKINI

### GROSSES PORTRÄT DES BAYERISCHEN KÖNIGS AUSGESTELLT

**+++**

---

**+++ EIMELDUNG +++**

# TÜRARZT

**VETERINÄR HAT SICH NEBENJOB GESUCHT**

+++

**+++ EIMELDUNG +++**

# GRIENDONNERSTAG

**KINDER FREUEN SICH AUF OSTERGESCHENKE**

+++

**+++ EIMELDUNG +++**

# MIEZEKOTZE

**SACHSE SPRICHT SEIN HAUSTIER UNDEUTLICH AN**

+++

# HEIZUNGSOHR

**FRAU WÄRMT IHRE SINNESORGANE AN LEITUNG**

+++

# RINDERZIMMER

**LANDWIRT HÄLT KÜHE MIT IM HAUS**

+++

# ZAPFEULE

**ÄLTERE DAME TANKT NACHTS IMMER GÜNSTIG**

+++

+++ EIMELDUNG +++

# STRAFENMUSIKER

## KÜNSTLER WIRD ZU LIED AUF MOZARTSTRASSE VERURTEILT

+++

---

+++ EIMELDUNG +++

# NASELSCHERE

## PROBLEMATISCHE HAARE WERDEN GEFAHRLOS ENTFERNT

+++

---

+++ EIMELDUNG +++

# ABENDLEID

## KLEID IST FRAU VIEL ZU ENG

+++

# WAHNSCHUSS

## LADENDIEB BILDET SICH VERFOLGUNG NUR EIN

+++

# HUNDEKUTTER

## VIERBEINER GEHEN AUF KREUZFAHRT

+++

# SCHALDÄMPFER

## TUCH VERHINDERT DRUCK AM HALS

+++

+++ EIMELDUNG +++

# WEIHNACHTSMECKEREI

## VATER IN ADVENTSZEIT VÖLLIG ÜBERFORDERT

+++

---

+++ EIMELDUNG +++

# SCHAMPANSCHER

## WINZER STRECKT SEKT AUS GELDNOT

+++

---

+++ EIMELDUNG +++

# OHRWUMM

## KONZERTBESUCHER ERTRÄGT LAUTSTÄRKE NICHT

+++

# LOKALSIEGER

## GAST HAT IN RESTAURANT HÖCHSTE RECHNUNG

+++

# GÄHNTECHNIK

## MÜDIGKEIT KANN DURCH ÜBUNGEN VERTRIEBEN WERDEN

+++

# ANTIFALKENCREME

## SALBE SCHÜTZT 24 STUNDEN GEGEN RAUBVOGEL

+++

## +++ EIMELDUNG +++

## ERBSTREICHER

### VATER HINTERLÄSST TOCHTER NICHTS

+++

## +++ EIMELDUNG +++

## ALLESEINIGER

### FLÜSSIGKEIT BRINGT FAMILIE WIEDER ZUSAMMEN

+++

## +++ EIMELDUNG +++

## SEITENKRAWATTE

### SCHLIPS WIRD HEUTE AM ARM GETRAGEN

+++

# BOCKSPRINGBETT

## TURNER LÄSST SICH SCHLAFMÖBEL ANFERTIGEN

+++

# FUSSBALLTRÄNER

## COACH IST NACH NIEDERLAGEN IMMER TRAURIG

+++

# HUNDHARMONIKA

## NEUES INSTRUMENT IN TIERORCHESTER BEGRÜSST

+++

**+++ EIMELDUNG +++**

# LECKOSTEINE

## KLEINKINDER LERNEN SPIELEND ZU SCHMECKEN

**+++**

---

**+++ EIMELDUNG +++**

# SCHMUKARTON

## FRAU ERHÄLT VERPACKUNG OHNE WARE

**+++**

---

**+++ EIMELDUNG +++**

# BUNDESTAGSWAL

## SELTENES TIER IM PARLAMENT ENTDECKT

**+++**

# HOCHSCHUHLEHRER

## PÄDAGOGE MÖCHTE GERN ETWAS GRÖSSER SEIN

+++

# SCHNARCHHASE

## SCHLAFGERÄUSCHE AUCH BEI KLEINTIEREN HÄUFIG

+++

# TEUERSCHLUCKER

## MANN TRINKT NUR DIE BESTEN WEINE

+++

+++ EIMELDUNG +++

# HALLOWIEN

**BESUCHER BEKOMMEN
SÜSSES ODER SAURES**

+++

+++ EIMELDUNG +++

# ERDBEERTOTE

**MORDOPFER AUF PLANTAGE
GEFUNDEN**

+++

+++ EIMELDUNG +++

# LANDGREIS

**MÄNNLICHE DORFBEVÖLKERUNG
STARK ÜBERALTERT**

+++

## +++ EIMELDUNG +++

# SCHNAUFBART

### LANGE HAARE VERHINDERN NORMALE ATMUNG

+++

## +++ EIMELDUNG +++

# ZEICHENBOCK

### JUNGE MAG KUNSTUNTERRICHT NICHT

+++

## +++ EIMELDUNG +++

# METTSCHIEBER

### UNBEKANNTER VERKAUFT ILLEGAL FLEISCH

+++

**+++ EIMELDUNG +++**

# FLOTTY DISK

### SCHNELLERE DISKETTE WIEDER AUF DEM MARKT

+++

---

**+++ EIMELDUNG +++**

# SCHLAFSAHNE

### KÖSTLICHKEIT SORGT FÜR RUHIGE NÄCHTE

+++

---

**+++ EIMELDUNG +++**

# TRAFOMÄUSCHEN

### ABENTEUER ENDET FÜR TIER TÖDLICH

+++

## EITERPUNSCH

### VERDORBENES GETRÄNK IM HANDEL

+++

## BÜCHEREGAL

### MANN MÖCHTE NICHT MEHR LESEN

+++

## HAI SOCIETY

### VEREIN KÜMMERT SICH UM MEERESTIERE

+++

## +++ EIMELDUNG +++

# SLOWBUSINESS

### GESCHÄFTE LAUFEN ZURZEIT NICHT GUT

+++

---

## +++ EIMELDUNG +++

# KACKTUS

### SPEZIALPFLANZE MINDERT GERUCH IN TOILETTE

+++

---

## +++ EIMELDUNG +++

# DUDU-LISTE

### KINDER PROTOKOLLIEREN VERGEHEN IHRER ELTERN

+++

## JUNIANE

### FRAU IST DOCH NICHT IM JULI GEBOREN

+++

## SKINAHKOHL

### PISTE VERLÄUFT ZU DICHT AN FELD

+++

## BREIPHONE

### JUNGER MUTTER PASSIERT MISSGESCHICK

+++

**+++ EIMELDUNG +++**

# QUÄLPASS

## ZUSCHAUER SIND VON SPIEL NICHT BEGEISTERT

+++

---

**+++ EIMELDUNG +++**

# SCHAUSPÜLER

## KÜCHENSTUDIO BIETET VORFÜHRUNGEN AN

+++

---

**+++ EIMELDUNG +++**

# AEROSOHLE

## SCHUHE MIT LUFTPOLSTERUNG SIND SEHR BEQUEM

+++

## +++ EIMELDUNG +++

# GRAUCHEN

**HERRCHEN DES HUNDES IST
ALT GEWORDEN**

+++

## +++ EIMELDUNG +++

# LADE MACCHIATO

**USER TRINKT GETRÄNKE
NUR NOCH ONLINE**

+++

## +++ EIMELDUNG +++

# SCHREIBHALS

**AUTOR SPÜRT SCHMERZEN
UNTERHALB DES KOPFES**

+++

+++ EIMELDUNG +++

# FLOHRISTIN

**SPEZIALISTIN BESCHÄFTIGT SICH MIT INSEKTEN**

+++

+++ EIMELDUNG +++

# KINDERWARTEN

**KINDERGEBURTSTAG ENDET ERST SPÄTER**

+++

+++ EIMELDUNG +++

# SANDMENSCHEN

**TOURISTEN SCHLAFEN AM STRAND EIN**

+++

## +++ EIMELDUNG +++

# GESCHIRRSPIELER

**KÜNSTLER TRITT MIT TELLERN
UND TASSEN AUF**

+++

## +++ EIMELDUNG +++

# KUSCHELTÜR

**MITARBEITER WERDEN SCHON
AM TOR BEGRÜSST**

+++

## +++ EIMELDUNG +++

# TELEFONHUMMER

**BESTELLUNG INNERHALB VON ZEHN
MINUTEN GELIEFERT**

+++

## +++ EIMELDUNG +++

# FAIRMANN

## PREISE FÜR ÜBERFAHRT MIT FÄHRE GESENKT

+++

## +++ EIMELDUNG +++

# LÖSEBRILLE

## EXPERTEN BENUTZEN BEI RÄTSELN SEHHILFE

+++

## +++ EIMELDUNG +++

# REGALBETT

## HOTEL TESTET NEUE ÜBERNACHTUNGSVARIANTE

+++

+++ EIMELDUNG +++

## KETTBULLAR

**FLEISCHBÄLLCHEN WERDEN
GÄSTEN UM DEN HALS GEHÄNGT**

+++

+++ EIMELDUNG +++

## SEMANNBRÖTCHEN

**EIN GEBÄCK IN JEDEM HAFEN
RESERVIERT**

+++

+++ EIMELDUNG +++

## MAULWUFF

**MANN BITTET HUND DES
NACHBARN UM RUHE**

+++

# EINKAUFSWADEN

## KUNDEN TRAINIEREN FÜR BESUCH IM SUPERMARKT

+++

# STRASSENKÖDER

## POLIZEI LEGT FALLE FÜR AUTOFAHRER AUS

+++

# NOTBOOK

## LESERIN HAT IMMER EIN BUCH IN IHRER TASCHE

+++

## +++ EIMELDUNG +++

# SCHIZOVRONI

**FRAU DENKT MANCHMAL WIE
EIN MANN**

+++

## +++ EIMELDUNG +++

# LUSTBALLON

**EROTISCHE FAHRT IN GROSSER
HÖHE**

+++

## +++ EIMELDUNG +++

# PFANDKUCHEN

**VOR VERZEHR DES GEBÄCKS MUSS
GEBÜHR HINTERLEGT WERDEN**

+++

## +++ EIMELDUNG +++

## SCHROTLINDE

**BAUM WURDE VON MEHREREN KUGELN GETROFFEN**

+++

## +++ EIMELDUNG +++

## KAPUTTCCINO

**KUNDIN ENTDECKT LOCH IN GETRÄNKEBECHER**

+++

## +++ EIMELDUNG +++

## SPÄHERWURF

**MILITÄR TESTET NEUE VERTEIDIGUNGSSTRATEGIE**

+++

## +++ EIMELDUNG +++

# FEILSCHSALAT

### PREIS FÜR GEMÜSE WIRD
### BEHUTSAM AUSGEHANDELT

+++

## +++ EIMELDUNG +++

# TAGESSCHLAU

### SCHULISCHE LEISTUNGEN EINES
### MÄDCHENS SCHWANKEN STARK

+++

## +++ EIMELDUNG +++

# SCHICKSOPRHENIE

### FRAU WÜNSCHT SICH SEIT JAHREN
### DESIGNERKLEID

+++

**+++ EIMELDUNG +++**

# KIRSCHENGLOCKE

**KÜNSTLER VERWENDET
AUSSCHLIESSLICH OBST**

+++

---

**+++ EIMELDUNG +++**

# SCHIMPFANSE

**BÜRGER REGT SICH ÜBER ALLES
AUF**

+++

---

**+++ EIMELDUNG +++**

# MIEZWAGEN

**FRAU NIMMT IHRE KATZEN
IM AUTO MIT**

+++

**+++ EIMELDUNG +++**

# TENNISMATSCH

**STARKREGEN SETZT SANDPLATZ
UNTER WASSER**

+++

**+++ EIMELDUNG +++**

# WÜRGEMALER

**KÜNSTLER BEHANDELT LEINWAND
GROB**

+++

**+++ EIMELDUNG +++**

# DASCHENDIESCHER

**ZOO IN SACHSEN KÜNDIGT
KLEINES RAUBTIER AN**

+++

**+++ EIMELDUNG +++**

## PLÜSCHTÜR

**TOR SCHLIESST SANFT UND GERÄUSCHLOS**

+++

---

**+++ EIMELDUNG +++**

## HALT DIE PRESSE!

**HARSCHE AUFFORDERUNG AN DRUCKER**

+++

---

**+++ EIMELDUNG +++**

## LATERNENFAHL

**LICHT DER STRASSENLAMPEN ZU SCHWACH**

+++

## +++ EIMELDUNG +++

# SEIDENLINIE

## SPIELFELDMARKIERUNGEN NUN AUS EDLEM STOFF

+++


## +++ EIMELDUNG +++

# KLICKSKIND

## JUNGE BEKOMMT EIGENES NOTEBOOK

+++


## +++ EIMELDUNG +++

# OTTOPÄDE

## MANN WIRD STÄNDIG FÜR FACHARZT GEHALTEN

+++

## +++ EIMELDUNG +++

# WEIHNACHTSMIEDER

**MANN VERWECHSELT GESCHENKE VON FRAU UND FREUNDIN**

+++

## +++ EIMELDUNG +++

# LECKERDISSEN

**JUNGE REDET SCHLECHT ÜBER SEINE FREUNDE**

+++

## +++ EIMELDUNG +++

# ZAHNBASTA

**PATIENT GIBT KIEFERCHIRURG KLARE ANWEISUNG**

+++

**+++ EIMELDUNG +++**

# KRAWATTENNUDEL

## MITARBEITER BESCHIMPFT GESCHÄFTSFÜHRER

**+++**

**+++ EIMELDUNG +++**

# WASCHANSAGE

## MUTTER FORDERT MEHR KÖRPERPFLEGE VON KINDERN

**+++**

**+++ EIMELDUNG +++**

# NEIDERSCHRANK

## FAMILIE VERSTECKT SCHMUCK VOR BESUCH

**+++**

**+++ EIMELDUNG +++**

# SELTENE HERDEN

## ZÜCHTER PFLEGT WERTVOLLEN ROHSTOFF

+++

---

**+++ EIMELDUNG +++**

# PAPAGEIL

## JUNGE BEDANKT SICHT BEI VATER FÜR HAUSTIER

+++

---

**+++ EIMELDUNG +++**

# WATESCHLANGE

## WARTENDE STEHEN BIS ZU DEN KNÖCHELN IM SCHLAMM

+++

+++ EIMELDUNG +++

# HEMDBURGER

**SERIÖSES BRÖTCHEN FÜR
FÜHRUNGSKRÄFTE IM ANGEBOT**

+++

+++ EIMELDUNG +++

# STIELKAMPFARENA

**PUTZFRAUEN TREFFEN SICH ZUM
WETTBEWERB**

+++

+++ EIMELDUNG +++

# BÄLLETRISTIK

**BUCHHANDEL FÜHRT AUCH WERKE
ZUM THEMA SPORT**

+++

**+++ EIMELDUNG +++**

# DAUERKRAUT

**FRAU REICHT ZU ALLEN
GERICHTEN GLEICHE BEILAGE**

+++

**+++ EIMELDUNG +++**

# SCHUHKIND

**FÜSSE SIND SCHON WIEDER
GEWACHSEN**

+++

**+++ EIMELDUNG +++**

# ENKELTICK

**EHEPAAR IST VERNARRT IN KIND
DER TOCHTER**

+++

+++ EIMELDUNG +++

# PILZNER

**EXPERTE ERKENNT ALLE GIFTIGEN EXEMPLARE**

+++

+++ EIMELDUNG +++

# BESTÄUBUNGSMITTEL

**IMKER GIBT BIENEN SPEZIALPULVER MIT**

+++

+++ EIMELDUNG +++

# KARMAMEHL

**PULVER WIRD TÄGLICH AUF DIE HAUT AUFGETRAGEN**

+++

**+++ EIMELDUNG +++**

## SCHNEEFALLSYSTEM

**ERSTE FLOCKEN FALLEN IMMER
AM MONTAGMORGEN**

**+++**

---

**+++ EIMELDUNG +++**

## FASSFOOD

**SCHNELLES ESSEN FÜHRT ZU
PROBLEMATISCHER FIGUR**

**+++**

---

**+++ EIMELDUNG +++**

## PAARLAMENT

**ZWEI ABGEORDNETE LASSEN ÜBER
IHRE HOCHZEIT ABSTIMMEN**

**+++**

## +++ EIMELDUNG +++

# HANDGEBÄCK

**KEKSE DÜRFEN MIT AN BORD
GENOMMEN WERDEN**

+++


## +++ EIMELDUNG +++

# MISTERFOLG

**BAUERNHOF HAT MEHR DÜNGER
ZUR VERFÜGUNG**

+++


## +++ EIMELDUNG +++

# STAMMTISCHBLUTER

**STREIT UNTER FREUNDEN ENDET
IN SCHLÄGEREI**

+++

**+++ EIMELDUNG +++**

# EUROPAILLETTEN

## SCHMUCK IN GANZ EUROPA BELIEBT

+++

---

**+++ EIMELDUNG +++**

# TOPFSCHMERZEN

## GESCHIRR FÜHLT SICH NACH ANSTRENGENDEM TAG LEER

+++

---

**+++ EIMELDUNG +++**

# HARTESCHLEIFE

## BIS ZU SECHZIG MINUTEN WARTEZEIT SIND MÖGLICH

+++

## +++ EIMELDUNG +++

# QUARKFROSCH

## TIER ISST SPEISE AM LIEBSTEN FETTARM UND MIT FRÜCHTEN

+++

## +++ EIMELDUNG +++

# KUNSTGLOCKE

## BILDHAUERIN KANN IM ZELT UNGESTÖRT ARBEITEN

+++

## +++ EIMELDUNG +++

# WANDERFALTEN

## SENIOREN PLANEN LÄNGERE BERGTOUR

+++

+++ EIMELDUNG +++

# EISCHNELLLAUFEN

## MODERNE VARIANTE DES EIERLAUFENS GESTARTET

+++

---

+++ EIMELDUNG +++

# KLAUMEISE

## VOGEL WIRD ALS DIEB GESUCHT

+++

---

+++ EIMELDUNG +++

# PERLKÖNIG

## MANN TRINKT MINERALWASSER NUR MIT KOHLENSÄURE

+++

**+++ EIMELDUNG +++**

# LEERPLAN

**UNTERRICHTSSTUNDEN FALLEN
WEGEN LEHRERMANGEL AUS**

+++

**+++ EIMELDUNG +++**

# DIEBESHEIRAT

**ZWEI KLEINKRIMINELLE GEBEN
SICH JAWORT**

+++

**+++ EIMELDUNG +++**

# OMIBUS

**FAHRZEUG FÜR RENTNER WIRD IM
LINIENVERKEHR EINGESETZT**

+++

+++ EIMELDUNG +++

# HUMMERWURF

**SPORTART BESONDERS AN KÜSTE VERBREITET**

+++

---

+++ EIMELDUNG +++

# SCHIESSBURGER

**SCHARFSCHÜTZEN HABEN VERPFLEGUNG IM GEPÄCK**

+++

---

+++ EIMELDUNG +++

# IRENHAUS

**BEGEGNUNGSSTÄTTE MIT HEIMATLICHER FOLKLORE**

+++

# NACHMIEDER

## SUCHE NACH PASSENDEM ERSATZ IST SCHWIERIG

+++

# REDAKTIONSFLUSS

## JOURNALISTEN ÜBERNEHMEN PATENSCHAFT FÜR GEWÄSSER

+++

# JAMAX

## MAX MÖCHTE KEIN NEIN MEHR HÖREN

+++